Merci à Coco, Simon et Féfé pour leurs relectures avisées. J'ai habilement glissé mon père dans ce livre, encore merci à lui pour sa célèbre autoanalyse qui nous fait tant rire depuis des années. S'il y a bien une chose que j'ai apprise en suivant une thérapie, c'est qu'il n'y a pas de route sans virages. Alors bon cheminement à vous,

Violette

ISBN : 978-2-490975-98-3
Numéro d'éditeur : 853407 / 10293871
Dépôt légal : octobre 2024
Imprimé en Lettonie

L'Agrume
92, avenue de France – 75013 Paris
www.editionslagrume.fr

VIOLETTE VAÏSSE

LES DIVANS

L'AGRUME

À QUOI CELA SERT-IL DE VIVRE ?
NON, NE DITES RIEN ! JE SENS QUE LA RÉPONSE NE VA PAS ME PLAIRE.

TOUT VA PARFAITEMENT BIEN DANS MA VIE DEPUIS QUELQUES MOIS
ET CELA M'INQUIÈTE BEAUCOUP.

J'AI ENCORE RÊVÉ QUE J'ÉTAIS QUELQU'UN DE SUPER
ÇA DEVIENT INSUPPORTABLE!

SANS ME JETER DES FLEURS, JE SUIS LE PATIENT DONT TOUS LES THÉRAPEUTES RÊVENT
VOUS AVEZ DE LA CHANCE DE M'AVOIR, DOCTEUR.

SEXE, DROGUE, ALCOOL
JE SAIS COMMENT TENIR EN HALEINE
MON PSY CHAQUE SEMAINE.

JE N'AIME PAS ÊTRE DU MÊME AVIS QUE TOUT LE MONDE

MÊME QUAND JE SUIS D'ACCORD.

JE SUIS ASSEZ EXCITÉ À L'IDÉE DE COMMENCER CETTE THÉRAPIE
REPTILIENS QUI SONT-ILS?
CHEMTRAI
TOUT EST FAUX
LXXVI
UFO
LES VRAIS SACHANTS
TOME
MAIS JE VAIS ÊTRE FRANC AVEC VOUS, JE NE CROIS PAS DU TOUT À LA PSYCHOLOGIE.

JE DÉMARRE TOUJOURS MA JOURNÉE DU BON PIED
DOC
SAUF LE LUNDI ET TOUS LES MATINS EN GÉNÉRAL.

ÇA Y EST, J'AI ENFIN QUITTÉ MON JOB ET DIT SES 4 VÉRITÉS À MON PATRON !
ENFIN, DANS MON RÊVE CETTE NUIT. MAIS ÇA L'A BIEN CALMÉ !

DE TOUTE MANIÈRE, PERSONNE NE M'AIME, JE NE SUIS QU'UNE SOMBRE MERDE...
430€
PROMO
320€
KÉVIN
704€
655€
845€
230€
ALORS NON, KÉVIN, VOUS NE POUVEZ PAS M'«AIDER» OU ME «RENSEIGNER».

REPRENONS LÀ OÙ NOUS NOUS SOMMES ARRÊTÉS LA SEMAINE DERNIÈRE : « JE SUIS UN SAC À VOMI PRÊT À DÉBORDER »
QU'ENTENDEZ-VOUS PAR LÀ ?

POUR DES DADDY'S ISSUES, TAPEZ 1; POUR UNE ANGOISSE EXISTENTIELLE, TAPEZ 2; POUR UNE PEUR DE L'ABANDON, TAPEZ 3
TOUS NOS PSYCHOLOGUES SONT OCCUPÉS, VEUILLEZ PATIENTER.

JE NE ME PLAINS JAMAIS
VOILA
JUIN 2014
ENTRE EUX C'EST SÉRIEUX
IL SE CONFIE ENFIN !
ELLE STOPPE SA TOURNÉE
QUOI QU'EN DISENT MON PSY, MES PARENTS, MON FRÈRE ET MON PROF DE MATHS.

VOTRE PÈRE VOUS BATTAIT ET VOTRE MÈRE VOUS A ABANDONNÉ À LA NAISSANCE, SOIT !
MAIS, VOUS SAVEZ, ÇA NE FAIT PAS DE VOUS UN ARTISTE !

LA THÉRAPIE PAR LA GUITARE, VOUS CONNAISSEZ ? NON ?
DIPLÔME EN RIROTHÉRAPIE
OH, PAS D'INQUIÉTUDE, MOI NON PLUS JE NE SAIS PAS EN JOUER.

MON PSY DIT QUE CE SONT LES ÉCHECS QUI MÈNENT AU SUCCÈS
DOMAINE
MICHEL
J'AI HÂTE QUE ÇA FONCTIONNE !

JE NE FUIS PAS MES PROBLÈMES
POLICE
JE LES NIE.

LE PROBLÈME AVEC MON PSY
C'EST QUE JE NE LUI DIS PAS TOUT.

J'ADORE ALLER MAL
ON SE SENT TELLEMENT MIEUX APRÈS.

VOUS AVEZ TUÉ VOTRE FEMME, ET ALORS ?
FREUD BY FREUD
VOUS SAVEZ, LES PROBLÈMES ONT L'IMPORTANCE QU'ON LEUR DONNE.

J'AIMERAIS NE PAS TOUT PRENDRE PERSONNELLEMENT
MAIS SI J'ARRÊTE, JE VAIS M'ENNUYER.

FRANCHEMENT, QUAND J'ENTENDS CE QUE J'ENTENDS ET QUE JE VOIS CE QUE JE VOIS
JE PENSE QUE J'AI RAISON DE PENSER CE QUE JE PENSE. VRAI OU FAUX ?

JE SUIS CETTE PERSONNE QUI NE SAIT PAS QUOI DIRE
ET QUI LE DIT QUAND MÊME.

DÉSOLÉE, JE M'AIME TROP
DIVORCE
POUR ÊTRE AVEC QUELQU'UN D'AUTRE.

EN MÉNAGE, NUL N'A JAMAIS ÉTÉ PLUS HEUREUX QUE MOI
2016
2015
2014
2013
2012
2011
19 Juin 2012
PAS MÊME MA FEMME.

ALORS, QU'EST-CE QUI VOUS AMÈNE DANS MON CABINET ?
VOS PARENTS ONT ESSAYÉ DE JETER VOTRE DOUDOU ? RACONTEZ-MOI COMMENT ÇA S'EST PASSÉ...

JE REGRETTE D'AVOIR FAIT DES ENFANTS
LES GENS LES TROUVENT BEAUCOUP PLUS COOLS QUE MOI.

QUAND JE FAIS L'INVENTAIRE DE MES NÉVROSES
JUIN
22 AVRIL
JE ME DIS QUE JE FAIS UNE DÉPRESSION DE QUALITÉ.

BIEN SÛR QUE JE RÊVE DE TUER MA MÈRE, COMME TOUT LE MONDE !
NON MAIS PAS LA PEINE DE LE NOTER, JE DISAIS ÇA POUR FAIRE LA CONVERSATION !

ON NE SAIT JAMAIS SI RESSEMBLER À SES PARENTS
EST UNE BONNE CHOSE, OU PAS.

JE PENSE QU'IL N'Y A PAS DE MENSONGES
MENU
JUSTE DES VÉRITÉS DIFFÉRENTES.

LE BON CÔTÉ DES CHOSES
C'EST QU'ON NE PEUT PAS BRISER UN CŒUR QUI L'EST DÉJÀ.

JE NE TERMINE AUCUNE PHRASE
PAR PEUR QUE ÇA FINISSE MAL.

EN TANT QUE PDG ENGAGÉ D'UNE PLATEFORME PÉTROLIÈRE
IL ÉTAIT IMPENSABLE POUR MOI DE NE PAS SUIVRE UNE THÉRAPIE ÉCOLOGIQUE.

EXPIREZ LENTEMENT ET RÉPÉTEZ EN CONSCIENCE :
« JE SUIS UNE PETITE MERDE PRÉTENTIEUSE INSUPPORTABLE ».

J'AI TOUT FAIT POUR NE PAS Y PENSER, MAIS J'AI PENSÉ AU FAIT DE NE PAS Y PENSER ET APRÈS JE ME SUIS MISE À Y PENSER...
VOUS PENSEZ QUE JE PENSE TROP ?

SI VOUS VOULEZ TOUT SAVOIR, JE PENSE QUE LA VIE EST UNE SOUPE
07/02
ET QUE JE SUIS UNE FOURCHETTE. VOILÀ.

QUI, ELLE ? OH PAS D'INQUIÉTUDE, C'EST JUSTE UNE PSY QUI TESTE LA QUALITÉ DE NOS PRODUITS
430€
250€
540€
630€
KEVIN
RESP. JOANA
SES PATIENTS VONT ADORER CELUI-LÀ !

ALORS OUI, BON, D'ACCORD, MES PARENTS S'AIMAIENT PASSIONNÉMENT
MAIS ENFIN C'ÉTAIT PAS UNE RAISON POUR M'INFLIGER LA VIE ! NON ?

C'EST FOU, JE SAIS, MAIS CONTRAIREMENT À CE QUE TOUT LE MONDE PENSE
JE N'AI AUCUN PROBLÈME PSYCHOLOGIQUE.

UNE FOIS SEULEMENT IL M'EST ARRIVÉ DE PENSER QUE J'AVAIS TORT
SARTRE : SOMMES-NOUS TOUS DE MAUVAISE FOI ?
1905
1946
1950
1964
1970
1980
MAIS JE ME SUIS VITE RENDU COMPTE QUE JE M'ÉTAIS TROMPÉ.

JÉRÔME, JE VAIS ÊTRE FRANCHE, VOUS NE POUVEZ PAS SAUVER LE MONDE !
MAIS VOUS AVEZ RAISON, VOUS POUVEZ TOUJOURS ESSAYER.

MOURIR ? POURQUOI EN AVOIR PEUR MORTICIA ?
ÇA ARRIVE À TOUT LE MONDE !

LA VIE EST UNE FÊTE
ET J'AI LA FLEMME DE M'AMUSER.

AU FOND, MON PÈRE NE M'A JAMAIS AIMÉ. PAS UN « JE T'AIME BRUNO », NI DE « JE SUIS FIER DE TOI BRUNO ». RIEN.
JE NE DEMANDE PAS BEAUCOUP D'ATTENTION, MOI, POURTANT !

J'AI BIEN PLUS DE PROBLÈMES QUE LA PLUPART DES GENS
C'EST MON CÔTÉ PREMIER DE LA CLASSE.

JE DÉTESTE TOUT LE MONDE
LOYALTY
MANAGEMENT
SUCESS
GOAL
POSITIVE
DATA
CREATIVE
DREAM
BUSINESS
SKILLS
LIFE
100
FORCE
MAIS SURTOUT LES AUTRES.

SOS DRAMA, ICI SANDRA, J'ÉCOUTE
APPEL
VOUS AVEZ TRAITÉ VOTRE BELLE-MÈRE DE JAMBON DEVANT TOUT LE MONDE, BON ! EST-ELLE VÉGÉTARIENNE ?

ON A DÉJÀ EU CETTE CONVERSATION MADAME PICHON
00.00
4€/kg
3€/kg
2€/kg
8€/kg
JE SUIS BOUCHER MOI, PAS PSYCHOLOGUE.

JE NE COMPRENDS PAS POURQUOI TOUT LE MONDE DIT QUE J'AI UN ESPRIT CONTESTATAIRE
DIPLÔME DOCTORAT DE PSYCHOLOGIE
MASTER EN PSYCHOLOGIE
CENCE SCIENCES UMAINES
FORMATION PSYCHOPATHOLOGIE CLINIQUE
PRIX DU 3ème MEILLEUR ŒUF-MAYO D'ÎLE-DE-FRANC
C'EST POURTANT FAUX !

JE N'AI AUCUN PROBLÈME AVEC L'ARGENT !
MR FLUBON
TRADER
39/07/89
C'EST VOUS QUI NE PENSEZ QU'À ÇA : VOUS M'EN RÉCLAMEZ À CHAQUE FOIS QU'ON SE VOIT !

QUE VOULEZ-VOUS, JE SUIS PSYCHIATRE
OPHTALMOLOGIE →
CARDIOLOGIE →
EDITH PLATRE
PSYCHIATRE
SUR RDV
JE VOIS LA VIE EN NÉVROSES !

ÇA NE VOUS DÉRANGE PAS SI JE VOUS ENREGISTRE EN MÊME TEMPS ?
C'EST POUR MON PODCAST SUR LES PERSONNALITÉS DÉVIANTES, VOUS ALLEZ ÊTRE VRAIMENT SUPER !

SI JE PEUX ME PERMETTRE
À ATTENDRE COMME ÇA, LA VIE RISQUE DE PASSER.

COMMENT SAVOIR SI JE VAIS BIEN
OU SI JE SUIS SIMPLEMENT ASYMPTOMATIQUE ?

NOUS ALLONS FAIRE UN EXERCICE : VOUS ALLEZ DESSINER QUELQUE CHOSE SUR MON PLÂTRE, ET MOI, JE L'INTERPRÉTERAI.
ET APPLIQUEZ-VOUS QUAND MÊME.

BONJOUR, JE SUIS LE COLLÈGUE DE MICHEL, QUI NE PEUT PAS VENIR AUJOURD'HUI, ALORS IL M'A DEMANDÉ DE LE REMPLACER
MAIS NE VOUS INQUIÉTEZ PAS, IL M'A FAIT UNE LISTE DES SUJETS À ABORDER.

IL Y A PIRE QUE LA MORT
NIRVANA
IL Y A ÉCOUTER LES GENS VOUS RACONTER LEURS RÊVES.

J'AI HORREUR DES GENS NORMAUX ET JE HAIS LES EXCENTRIQUES.
VOUS VOYEZ, JE RENDS JUSTICE À TOUT LE MONDE.

CONTRAIREMENT AUX ARBRES
Désolé, j'avais une réunion! love xxx
Je te dois des excuses bébé...
LE MENSONGE DONNE DES FLEURS MAIS PAS DE FRUITS.

AU FINAL, PLUTÔT QUE DE MARCHER SUR DES ŒUFS TOUTE SA VIE…
SlipKnot
EST-CE QU'IL NE VAUT MIEUX PAS AVOIR LA TÊTE DANS L'OMELETTE ?

C'EST IDIOT, JE SAIS, MAIS...
Trouble bipolaire
J'AI ENVIE DE DIVORCER À CHAQUE FOIS QUE MA FEMME MET DES MIETTES DANS LE LIT !

NOTRE BUSINESS PLAN DE DÉPART ÉTAIT POURTANT BÉTON, MAIS NOUS N'AVONS PAS SU OPTIMISER NOS INVESTISSEMENTS...
ET AUJOURD'HUI, NOUS SOMMES OBLIGÉS DE DÉCLARER NOTRE COUPLE EN FAILLITE.

À PARTIR DU MOMENT OÙ MA DÉCISION EST PRISE
DIMINU-TIF
coiffure
Changez de coupe pour changer de vie !
COUPE MIXTE 10€
OPEN
J'HÉSITE BEAUCOUP.

ON EST BIEN D'ACCORD, CE N'EST PAS PARCE QU'ON PENSE LA MÊME CHOSE
SODAS
BIÈRES
VIN
QU'ON EST DU MÊME AVIS.

MON THÉRAPEUTE DEVRAIT ME PAYER
APRÈS TOUT, C'EST MOI QUI FAIS TOUT LE TRAVAIL.

POUR PIMENTER LES CONVERSATIONS, C'EST SIMPLE
JE NE DIS QUE DES CHOSES QUE JE NE COMPRENDS PAS MOI-MÊME.

CONTRAIREMENT À CE QU'ON POURRAIT CROIRE
WHISKY
RELANCE
RATER SA VIE DEMANDE BEAUCOUP DE SAVOIR-FAIRE.

EST-CE QUE NE RIEN FAIRE N'EST PAS DÉJÀ FAIRE QUELQUE CHOSE ?
CE QUI EXPLIQUERAIT POURQUOI JE SUIS AUSSI FATIGUÉ.

JE DÉTESTE LES GENS COMME MOI
ILS M'EMPÊCHENT D'ÊTRE UNIQUE.

ARRÊTEZ AVEC VOS CONNERIES
13:42
L'AVENIR APPARTIENT À TOUT LE MONDE.

LE SOUCi, VOYEZ-VOUS
FÊTE DE LA SAUCISSE DE MORTEAU,
le 16/17 juin 2003
2+1 OFFERT
CHÂTEAU LE PAPE
CHÂTEAU MONCAILLOUR MÉDOC FRANCE
LES FORTS LA TOUR
C'EST QUE JE VOUDRAIS ÊTRE SÛR DE MES DOUTES.

MAURICE, JE VIENS DE PENSER À UN TRUC ! ET SI, DEPUIS LE DÉBUT, ON PENSAIT QU'ON EXISTE
8
3€
GAZOLE
SP95-E10
SP 98
43,13
ALORS QU'EN FAIT ON N'EXISTE PAS ?

VAUT-IL MIEUX ÊTRE FRUSTRÉ DE NE PAS AVOIR DE RÉPONSE
STOP PUB
ATTENTION!
CHIEN GENTIL
OU BIEN RECEVOIR UNE RÉPONSE FRUSTRANTE ?

PARFOIS, IL FAUT ARRÊTER DE CHERCHER UN SENS
ET SIMPLEMENT PRENDRE UNE DIRECTION.

JE SUIS DÉGOÛTÉ, JE CONNAIS LES SECRETS DE TOUT LE MONDE
ET JE NE PEUX MÊME PAS LES RÉPÉTER !

C'EST TRÈS EMBARRASSANT DE VOUS CROISER ICI DOCTEUR
DOUCEUR
CONFORT XXL
3.55 €
DOUBLE FEUILLE!
2.80€
4.00€
PROMO
FESSES DOUCES
3.60€
2.70€
MAINTENANT JE SAIS QUE VOUS ÊTES JUSTE UN HUMAIN COMME LES AUTRES.

MERCI DOCTEUR POUR VOTRE ÉCLAIRAGE, MAINTENANT JE VAIS POUVOIR COMMETTRE LES MÊMES ERREURS
Dr
OUZY
MAIS EN SACHANT POURQUOI.

AVANT DE VOUS DIRE AU REVOIR UNE BONNE FOIS POUR TOUTES, JE VOULAIS CÉLÉBRER LA FIN DE CETTE THÉRAPIE
EN VOUS AVOUANT QUE, DEPUIS LE DÉBUT, JE VOUS AI MENTI.